AF389745

Classique Érotique

THÉODORA

suivi de
L'Amazone de Prague

Écrit par
Léopold
von Sacher-Masoch

Théodora

Par une maussade journée de novembre, aussi désagréable que la nouvelle qu'elle apportait, le baron Andor entra chez Théodora Wasili et lui annonça qu'il allait la marier. Théodora était une villageoise, et certainement la plus belle, la plus fière entre toutes ces créatures qui, aujourd'hui encore, trahissent leur origine roumaine. La première fois que le baron l'avait vue, elle dansait dans un cabaret ; il avait gagné son cœur en lui offrant une paire de colliers de gros corail rouge, mais faux ; il lui avait donné en outre un petit pot de fard acheté chez un juif marchand de bric-à-brac ; car toutes ces filles d'Eve aiment à se farder.

Plus tard, le baron lui fit de plus riches cadeaux. Elle adopta les allures d'une boyarine et prit bientôt les habitudes d'une petite dame distinguée et gâtée. Au moment où les paroles du baron vinrent la frapper comme l'éclair, elle était allongée sur un divan turc, chaussée de pantoufles brodées d'or, vêtue d'une *kazabaïka* de fourrure doublée de velours rouge et garnie de martre ; elle souleva sa tête à l'expression sévère, aux grands yeux sombres, chargée d'une opulente chevelure noire ; elle ressemblait presque à un démon.

Ses mains disparaissaient dans les manches très amples de sa *kazabaïka* ; ses pieds reposaient sur une peau d'ours. Elle regarda le baron sans lui répliquer un mot ; elle ne fit même pas un mouvement, tant elle fut saisie d'épouvante à l'idée d'abandonner les lieux qu'elle habitait pour redevenir paysanne.

Le baron reprit :

« Bogulescu, que j'ai choisi pour toi, est l'homme le plus riche du village. Avec lui tu auras tout ce dont tu peux avoir besoin. J'espère que tu seras raisonnable, Théodora. »

Raisonnable, elle l'était en effet, plus que le baron eût pu l'imaginer. Aucune plainte, aucune menace ne lui vint aux lèvres ; muette et résignée, elle obéit, étant bien trop fière pour répondre. Le baron se pencha vers elle et la baisa au front ; elle eut alors un sourire, mais un sourire froid et méchant.

Dès que Andor eut quitté la chambre, elle se leva et s'approcha de la fenêtre ; son regard plongea longtemps dans le paysage d'automne ; tout à coup, elle se mit à pleurer à chaudes larmes et s'agenouilla devant l'image de la mère de Dieu, au-dessous de laquelle se consumait une petite lampe bleue.

Bogulescu la prit pour femme parce qu'elle était un bon parti… Elle fut gratifiée d'une paire de magnifiques chevaux, de deux vaches, de cinquante brebis ; elle reçut également une dot en espèces, représentant la somme que le baron avait l'habitude de perdre au jeu en une seule nuit et constituant déjà une petite fortune pour le paysan roumain.

Le jour des noces, on les tourna en dérision l'un comme l'autre.

On disait de Théodora : « Madame pensait bien devenir baronne et la voilà obligée de mener, comme tout le monde, ses oies au champ. » Quant à Bogulescu, il entendit pis encore ; mais il était philosophe et ne prêta aucune attention aux cancans.

Après avoir flatté les chevaux et les vaches d'une petit tape sur le dos, rassasié son regard en dénombrant les brebis et approché de ses lèvres les pièces d'or, il emmena la femme, sans émotion aucune, comme une chose acquise.

Il ne fut pas question d'amour entre eux, encore moins d'estime ; cette union ne fut pas heureuse, dès les débuts, d'autant plus que le baron Andor ne tarda pas à ramener de la capitale une dame jeune et belle qu'il avait épousée ; Théodora faisait encore plus triste mine qu'auparavant et elle demeurait pensive, les mains posées sur les genoux.

Personne ne peut imaginer ce qu'elle endura. Elle n'était plus faite à la pénible existence, aux durs travaux et au régime grossier de la paysanne.

Elle renferma ses souffrances avec une muette résignation et une grande fierté, mais chaque jour sa pâleur s'accentuait et elle dépérissait à vue d'œil. Pendant tout l'hiver, elle passa de longues heures assise au coin du feu, regardant fixement la flamme, livrée à de sombres pensées.

Durant quelques temps, Bogulescu ne dit rien, mais à l'apparition du printemps, à l'époque du labour et des semailles, voyant que Théodora restait toujours les bras croisés et les mains cachées dans sa peau de brebis, il commença à perdre patience et fit bientôt éclater sa colère contre sa femme. Quelques petits verres d'une forte eau-de-vie de grain l'avaient poussé à ce mouvement de révolte, autrement il ne se fût pas senti le courage de chercher querelle à la « baronne » ; c'est ainsi qu'on désignait Théodora dans tout le village.

Il entra en coup de vent et s'écria aussitôt :

— Auras-tu donc bientôt fini de dormir ? Vas-tu oui ou non travailler, espèce de fainéante, ou bien je t'y contraindrais comme une bête de somme ?

— Je crois que tu es ivre, répliqua Théodora sans se départir de son calme. L'homme fonça sur elle et voulut la frapper, mais il s'était trompé d'adresse. D'un bond elle se leva, les yeux enflammés, la poitrine haletante et le poing tendu. En cet instant, elle ressemblait à une magnifique bête fauve et elle eût fait peur à tout autre plus courageux que Bogulescu. Il battit donc en retraite, murmura quelques paroles incompréhensibles et quitta la pièce, s'avouant vaincu.

Depuis cette scène, il n'essaya plus de prendre Théodora à parti, mais il nourrissait en secret l'espoir que la mort viendrait bientôt l'en délivrer, car ses joues se creusaient et on la disait poitrinaire.

Mais les événements trompèrent l'attente des habitants du village. Un jour d'automne on ramena de la forêt Bogulescu étendu sans vie dans sa voiture. Il avait été tué par la chute d'un sapin gigantesque qu'il devait abattre pour le compte du baron.

Chez Théodora s'opéra dès lors une transformation soudaine et complète. Ses rêveries et sa mauvaise humeur disparurent ; la femme inutile, la fainéante, la « baronne », devint tout d'un coup active, laborieuse, sensée et circonspecte.

Elle prit la direction de la maison ; toujours la première au champ, elle en revenait la dernière et abattait de l'ouvrage comme trois. Les gens du village la regardaient avec étonnement. Ils avaient bien cru que c'était la ruine pour Théodora et, au contraire, la prospérité renaissait pour elle : ses champs lui donnèrent un meilleur rapport, le bétail engraissa à vue d'œil, la ferme eut un aspect souriant et coquet.

Mais c'est dans la personne de Théodora que le changement fut surtout remarquable : elle se rétablit rapidement et grossit bientôt ; ses joues rivalisèrent de coloris et de fraîcheur avec celles des plus jeunes paysannes ; l'éclat de ses yeux devint plus vif que jamais.

Peu de temps après la mort de Bogulescu, la jeune veuve passait pour la femme la plus belle et la plus laborieuse du pays ; les prétendants se présentèrent en foule. Elle leur fit à tous un gracieux accueil, mais leur déclara qu'elle ne voulait point aliéner sa liberté et qu'elle ne se remarierait à aucun prix. On finit par lui laisser la paix. Les jeunes gens lui envoyaient des œillades amoureuses et soupiraient en la voyant passer tous les dimanches pour se rendre à l'église, vêtue de sa peau de brebis aux tons variés, le cou chargé de colliers de corail et de médailles d'or, et chaussée de bottes rouges ; ils redoutaient en même temps le « beau satan » ; tel était le nouveau surnom qu'on lui avait donné.

Elle s'entendait à merveille à diriger ses gens et ses biens. Malheur à celui qui eût refusé d'obéir ou qui eût marché de travers ! Sur ce chapitre elle ne plaisantait pas et sa ferme était regardée comme une maison de correction. Si une servante ou un jeune valet ne voulait rien faire de bon et qu'on eût épuisé à son égard tous les moyens imaginables, il n'y avait qu'à placer la mauvaise graine chez Théodora Bogulescu qui se chargeait de dompter à bref délai le récalcitrant.

À cette époque le baron faisait de rares séjours dans ses propriétés. Les jeunes époux passaient l'hiver soit à Vienne, soit à Paris, et l'été sur une plage à la mode. Lorsqu'ils étaient chez eux, ils sortaient rarement de leur manoir, entouré d'un grand parc ; de ce fait, le baron et Théodora ne s'étaient pas revus depuis des années.

On raconta tout d'un coup que le grand train mené à l'étranger par le baron lui avait fait perdre une forte partie de ses revenus et qu'il avait décidé de passer quelques années dans ses terres pour essayer de réparer les brèches faites à sa fortune.

Il paraît que Théodora apprit la nouvelle sans émotion aucune. Un jour, elle rencontra le baron sur la route, devint pourpre et sentit son cœur battre violemment. Elle se rendait à cheval à la ville, où c'était précisément le jour du marché annuel ; elle était assise sur la selle comme un homme, le fouet en main ; le baron marcha à sa rencontre, monté sur un de ses chevaux anglais. Il la fixa, mais ne la reconnut que lorsqu'il l'eût dépassée.

« Théodora ! » lui cria-t-il.

Elle arrêta son cheval et se retourna sur sa selle.

— Que me voulez-vous ?

— Je veux te demander de tes nouvelles.

— Cela doit bien peu vous tourmenter !

— Tu as l'air de te porter à merveille.

— Dieu merci, je vais très bien.

Elle avait dit tout cela du haut de sa grandeur et d'un air glacial. Puis, sans attendre une nouvelle question du baron, elle toucha son cheval du fouet et partit au galop.

Au printemps suivant, la Révolution se déchaîna… À maintes reprises, les paysans roumains s'étaient soulevés contre leurs seigneurs, mais chaque fois ils avaient été vaincus par la force des armes. Ils profitèrent donc du mouvement général qui s'était manifesté dans l'Europe entière pour faire une nouvelle tentative et secouer définitivement le joug abhorré.

Des excès sanglants suivirent ce soulèvement national, puis ce fut la révolte ouverte. Les hommes en état de porter les armes se rendirent dans la montagne ; là, sous le commandement d'anciens brigands, ils formèrent de nombreuses bandes insurrectionnelles et la guerre ne tarda pas à faire rage dans toutes les vallées ; les châteaux furent pris, les seigneurs, les employés et les domestiques attachés à leur personne furent maltraités ou assassinés ; on s'emparait de tout ce qui pouvait être emporté et on mettait le feu aux immeubles pillés.

Après avoir fait partir sa femme, le baron Andor était lui-même prêt à quitter ses biens lorsque les pillards arrivèrent chez lui. Il tenta de se sauver par le parc, mais ce fut en vain ; il fut découvert et traîné au château. Pendant que leurs hommes se livraient au pillage, les chefs tenaient conseil pour savoir si le baron serait cloué à la porte de la grange ou si on se contenterait de lui administrer une volée de coups.

Théodora se présenta alors à l'assemblée

— Que voulez-vous, dit-elle, à ce seigneur ?

— Nous voulons exercer sur lui notre vengeance.

— Dans ce cas, livrez-le-moi ; il n'est personne à qui il ait fait plus de mal qu'à moi-même et je me charge de le châtier comme il le mérite.

Les habitants du village, qui avaient également pris les armes et s'étaient réunis aux insurgés, appuyèrent, au milieu des rires, la proposition de Théodora.

— Oui, oui, abandonnez-le-lui ! criaient-ils. Il en endurera bien davantage que si nous lui donnions la mort.

— Dans ce cas, prends-le, il t'appartient. Théodora délia rapidement une corde passée autour de sa *bunda* et attacha le baron, les mains au dos.

— Et maintenant, dit-elle, nous allons célébrer les noces !

Après quelques coups de poing dans le dos, elle le fit avancer devant elle en le frappant d'une verge qu'elle avait arrachée à la haie.

Andor marchait tête basse, muet et désespéré. Il voyait bien qu'il était perdu, que ni les supplications, ni les menaces n'auraient raison de cette femme. D'ailleurs, de quoi pouvait-il la menacer ? N'était-elle pas, pour l'instant, maîtresse de la rébellion en ce pays ? En outre, par quels moyens pouvait-il exciter sa pitié ?

Il s'arrêta devant la porte de la maison de Théodora et lui dit :

— Si tu veux ma mort, achève-moi de suite.

— Mais, est-ce que toi-même tu m'as tuée d'un seul coup ? répondit-elle d'un air moqueur. Non, tu as voulu me faire mourir à petit feu, et si je suis encore en vie aujourd'hui, ce n'est pas par ta faute ; nous aussi nous prendrons notre temps, et tu endureras toutes les tortures que tu m'as fait subir, homme sans cœur !

Elle le poussa dans le poulailler et tira le verrou. Andor resta là sur la paille jusqu'au départ des insurgés. Alors Théodora ouvrit la porte et lui ordonna de sortir. Le garçon de ferme amena un bœuf, et elle sortit une charrue à laquelle Andor fut attelé.

Il ne fit aucune résistance, comprenant bien qu'il ne pouvait qu'aggraver sa triste situation.

Il s'agissait seulement de gagner du temps ; peut-être un hasard, l'arrivée des troupes, assurerait son salut.

Le bœuf fut ensuite attelé avec le baron ; Théodora prit les guides et le fouet, et la charrue fut traînée ; le valet suivait.

Arrivés au champ, Théodora ordonna à son domestique de pousser la charrue ; elle-même conduisait cet attelage bizarre. Bientôt les curieux, femmes et enfants surtout, furent rassemblés en foule ; ils se délectaient de ce spectacle étrange et accablaient de leurs injures et de leurs sarcasmes l'infortuné seigneur.

Au bout de trois jours de labour, Andor était épuisé. Le quatrième, il s'arrêta tout d'un coup au milieu du champ :

— Je n'en puis plus, murmura-t-il ; avec la meilleure volonté du monde, je ne puis plus avancer.

Théodora le pressa vigoureusement ; il continua encore pendant quelques instants et finit par s'affaisser.

Mais l'implacable veuve ne céda pas et il dut se relever et achever sa journée.

Le lendemain, au moment où Théodora allait l'atteler, il tomba à genoux et demanda grâce.

— As-tu eu pitié de moi, répondit-elle ? Et loin d'écouter ses supplications, elle l'attela tout seul à la charrue.

Tout haletant, Andor avait à peine terminé le troisième sillon, lorsqu'il s'abattit. Théodora le releva avec violence, mais il retomba encore.

— Par pitié, Théodora ! dit-il en gémissant, et un flot de sang s'échappa de sa bouche.

Satisfaite, elle le regardait avec calme, les poings campés sur les hanches.

Le malheureux s'était enfoncé dans la glèbe noirâtre qu'il teintait de son sang.

— Je meurs ! murmura-t-il.

— Oui, et tu vas crever en plein vent, tel un animal ; ensuite Dieu te pardonnera peut-être.

— Pourquoi me portes-tu tant de haine ?

— Parce que je t'ai trop aimé.

Andor poussa un profond soupir : il venait de prononcer ses dernières paroles.

Lorsqu'il eût cessé de vivre, Théodora jeta sur lui un dernier regard ; à pas lents elle revint chez elle, chargea le fusil de son défunt mari, et quitta le village pour rejoindre les insurgés.

La lutte terminée, un des révolutionnaires, revenu à sa charrue et à ses champs, raconta que Théodora, frappée d'un boulet, avait trouvé la mort dans une rencontre avec les troupes régulières.

Il faut croire que le fait reste exact, car depuis on n'entendit plus jamais parler d'elle.

L'Amazone de Prague

Après les jours funestes du mois de mars de l'année 1848, mon père avait quitté Lemberg, pour se rendre à Prague, où il devait jouir d'un congé d'un an. Nous le rejoignîmes bientôt, et nous installâmes avec lui dans une maison de la Krakauergasse.

La maison que nous habitions avait un très beau jardin ouvert à tous les locataires. Nous ne tardâmes pas à nous lier avec une famille tchèque dont le chef était, en même temps que peintre distingué, capitaine au corps national de la *Swornost* (« Concorde »). Ce capitaine avait deux filles aussi spirituelles que jolies.

Un matin de mai, d'une fraîcheur délicieuse, en descendant les marches qui conduisaient de notre salle à manger dans le jardin, j'entendis la détonation d'un coup de pistolet. En avançant sous une allée ombreuse, je distinguai tout au fond du jardin, près du mur, de la fourrure vaporeuse et blanche comme de la neige, qui transparaissait à travers le feuillage vert. C'était Vityeska, la fille aînée du peintre. Je la trouvai, un pistolet à la main, en train de s'exercer à la cible.

Elle était ravissante dans sa *kazabaïka* polonaise, avec ses petites bottes hongroises si coquettes.

« Si vous croyez, me dit-elle, qu'il n'y a d'amazones que dans votre pays, vous vous trompez. Moi aussi, à l'occasion, je monterais sur les barricades, et aussi à cheval, tout comme les héroïnes de la Pologne. »

En voyant cette jeune fille à la taille svelte, aux membres souples, on trouvait tout naturel que Vityeska jouât le premier rôle parmi nous, et devînt le centre de notre petite société bigarrée.

Le Congrès panslaviste avait amené à Prague des députés de toutes les tribus slaves. Plusieurs d'entre eux vinrent s'installer dans les appartements encore inoccupés de notre maison. Parmi eux, il y avait quelques émigrés polonais, qui, en diverses occasions, s'étaient déjà battus pour la liberté, entre autres un prêtre serbe, un jeune Bulgare, un avocat slovène, et des héros monténégrins dont quelques-uns avaient au moins six pieds de haut.

Mais le personnage principal, c'était Bakounine, le fugitif russe, le grand agitateur panslaviste. Grâce à lui, notre maison devint, pour ainsi dire, le quartier-général de la propagande slave. Au milieu de ces Slaves de race pure, les Tchèques ne faisaient pas très bonne figure.

Assurément, le jour où toutes les nationalités se réveillaient, elle avait bien aussi le droit de renaître à la vie, la nation qui avait soutenu la grande lutte des Hussites contre l'empereur et contre le pape, qui avait commencé la guerre de Trente Ans, qui avait produit des hommes tels que Huss, Hieronymus,

Ziska, George de Podiébrad, des poètes comme Kollar et Celatowsky, des savants tels que Comenius, Purkyné, Palacky ! Mais les jésuites avaient ruiné la nationalité slave en Bohème. Quand éclatèrent les révoltes de 1848, les Tchèques étaient à peu près germanisés. Ils retrouvèrent facilement leur langue, cette superbe langue d'où sont sortis *le Jugement de Libussa*, et les écrits des Frères Moraves, où résonnaient les beaux vers de la *Fille de la Gloire* ; mais, en dehors de la littérature, tout ce qui constitue une nationalité avait disparu. De sorte que l'on se trouva fort embarrassé pour rétablir le costume national, après avoir banni l'habit allemand, ou plutôt français. Il fut trop évident que ce costume national n'existait plus. On tâcha d'y suppléer en empruntant les costumes des autres tribus de la grande famille slave, ou en se reportant aux modes historiques. De là cette sorte de Babel de costumes, qui donnait à Prague, en 1848, l'aspect d'un immense bal masqué.

Parmi les femmes, les unes portaient la *kazabaïka* polonaise, les autres le costume de la cour du temps de la reine Elischka de Bohème, avec la traîne, le petit sac suspendu à la ceinture, le bonnet et le voile.

Le corps national de la Swornost portait les *czimas* (bottines lacées) hongroises, le pantalon français, la redingote polonaise à brandebourgs, le *kalpak* des Cosaques, en peau d'agneau grise, et il était armé de hallebardes.

La société des étudiants, la Slavia, avait adopté la botte polonaise, le pantalon hongrois, la redingote et le bonnet carré polonais. Faster, le brasseur, en même temps tribun du peuple, se promenait avec un béret en velours et un manteau espagnol. La baronne de Neipperg portait la *schouba* (longue pelisse brodée d'or, et garnie de fourrure noire), comme une boyarine moscovite du temps d'Ivan le Terrible.

Un soir, par un magnifique clair de lune, j'allai me promener au jardin. Bientôt j'aperçus Vityeska debout près du mur, sur un monticule d'où l'on dominait toute la rue. Elle était en conversation animée avec une personne arrêtée de l'autre côté du mur.

— Non ! disait la jeune amazone avec une énergie farouche, quoique légèrement railleuse, je vous connais maintenant ; vous vous êtes joué de moi ; je ne veux plus avoir aucun rapport avec vous !

— Je vous donne ma parole d'honneur, Vityeska, répondait la voix de la rue, une voix sonore et mâle, que je vous aime sincèrement, et que mon ambition est de vous mériter et de vous conquérir.

— Votre parole d'honneur ! s'écria l'amazone en éclatant de rire, est-ce que vous en avez de l'honneur ? Non, l'uniforme que vous portez, vous le déshonorez.

— Vityeska !

— Oui, monsieur le major, vous le déshonorez, ce costume, car vous m'avez menti lâchement, bassement, en me faisant croire que vous aspiriez à ma main. Mais vous êtes démasqué. Je sais qu'on vous appelle le « Don Juan de Prague » et que, de tous côtés, s'élève contre vous un concert d'imprécations et de malédictions.

— On m'a calomnié auprès de vous, Vityeska.

— Personne ne vous a calomnié. C'est moi-même qui ai découvert la vérité. Vous m'avez séduite et trompée. Je suis vaincue, mais prenez garde ; si jamais vous tombez entre mes mains, je serai pour vous sans pitié !

— Vityeska ! ma belle Vityeska !

— Taisez-vous, et allez-vous-en ! s'écria la belle offensée, en étendant le bras droit d'un geste impérieux. Allez ! et priez Dieu que nous ne nous rencontrions jamais sur un champ de bataille !

Vityeska redescendit rapidement dans le jardin. Pendant qu'elle s'éloignait, je courus jeter un coup d'œil dans la rue, et je reconnus, de loin, M. Von der Mühlen, major aux grenadiers, le grand favori des dames et du peuple de Prague.

Je rejoignis Vityeska tout près de la maison. Elle venait de prendre un papillon de nuit, qui avait été attiré par la lumière aux fenêtres de notre salle à manger. Elle était en train de lui arracher les ailes.

« Que faites-vous donc ? » murmurai-je avec un mouvement involontaire d'effroi.

Elle me regarda. Une douleur secrète, une colère contenue, mêlées d'une joie perverse, erraient sur ses lèvres à moitié ouvertes.

« Il ne faut jamais, dit-elle, se laisser aller à la pitié dans ce monde menteur et méchant. »

Une série de fêtes brillantes, en l'honneur des membres du premier congrès slave, se termina par un bal magnifique dans la grande salle de l'île Sophie.

Depuis quelques jours, on parlait tout bas d'une conspiration militaire contre la liberté et la constitution. À tous les coins de rues, des affiches, placées par des mains mystérieuses, prévenaient le peuple que les garnisons de Lemberg et de Prague préparaient un coup d'État. L'excitation gagnait de proche en proche, et l'on finit par parler tout haut d'une lutte prochaine. Au moment de se rendre au bal, le capitaine de la Swornost dit à mon père :

« Ce soir à la danse, demain au combat ! »

Le lendemain, une grande messe eut lieu en plein air, devant le monument de Wenzel. Aussitôt après, on entendit les premiers coups de fusil. Le peuple se rassembla. On se mit à construire en hâte des barricades. Le tambour d'alarme fit entendre ses roulements d'appel par toutes les rues. La semaine sanglante de Prague commençait.

Mon père m'envoya à la place Wenzel, avec un de mes amis collégiens, pour savoir exactement ce qui se passait. Au coin de la rue, nous rencontrâmes les premiers blessés. Le poste de la place Wenzel, qui servait de quartier-général, était cerné par une foule d'étudiants et de prolétaires armés. Le général Rainer, s'étant avancé pour parler au peuple, tomba frappé d'une balle. Alors, les soldats firent feu à leur tour. C'est là que j'entendis siffler les balles pour la première fois.

Pendant que mon camarade se sauvait, j'avançais jusqu'au plus fort du combat. Malgré ma jeunesse, les coups de fusil et les roulements du tambour me grisaient comme un vieux cheval de cosaque. Je pénétrai dans la vaste Grabenstrasse, défendue par une ligne de barricades. Au sommet, j'aperçus Vityeska dans sa toilette de bal de la veille, le drapeau tricolore à la main, le poignard et les pistolets à la ceinture. Son costume, composé d'une robe de satin blanc, d'un corsage de velours bleu garni de fourrure blanche et d'un bonnet rouge polonais, représentait exactement les couleurs de la révolution panslaviste.

Dans une des rues aboutissant aux barricades, s'avançait lentement un bataillon de grenadiers, l'arme au bras.

Le major Von der Mühlen marchait en tête. Il avait reçu l'ordre de prendre les barricades à tout prix et de rétablir la liberté des communications entre le ministère de la Guerre et la garnison, par le Pont-de-Chaînes et le passage de la Kleinseite. Il voulait tâcher d'atteindre son but sans effusion de sang, car il savait qu'il était également adoré du peuple et de ses soldats. Laissant son bataillon en arrière, il s'avança seul, courageusement, vers les insurgés et se mit à les haranguer. Les prolétaires se laissèrent facilement persuader, et la barricade fut enlevée. Le bataillon put continuer d'avancer sans faire usage de ses armes. La garde nationale allemande et un régiment polonais le suivaient.

Déjà la cause des insurgés paraissait perdue. Von der Mühlen approchait de la grande barricade, qui commandait toutes les autres. Là aussi les hommes du peuple voulaient se rendre et commençaient à démolir la barricade, lorsque soudain l'amazone tira un pistolet de sa ceinture et fit feu sur l'officier, qui chancela et tomba mort de son cheval.

Vityeska poussa un cri de triomphe farouche, retentissant. Un hurlement d'indignation, de fureur, lui répondit. Une décharge générale déchira l'air, et les soldats se précipitèrent sur la barricade à travers la fumée, comme une avalanche, pour venger la mort de leur commandant. Tout ce qui ne put pas fuir fut impitoyablement massacré.

Après avoir vu le major tomber et les grenadiers faire feu, je me réfugiai dans l'entrée d'une maison jusqu'à ce que le bruit des coups de fusils se fût éloigné. Lorsque je me hasardai de nouveau dans la rue, un bataillon polonais achevait de passer.

— Es-tu aussi un révolutionnaire ? me crièrent quelques soldats.

— Non, leur répondis-je en polonais, je suis de la Galicie, et mon père est fonctionnaire impérial.

Alors un caporal me caressa amicalement la joue et me fit cadeau d'un bonnet polonais. C'était la *confédératka*.

Je voulus voir ensuite de près la grande barricade que la troupe avait prise d'assaut et détruite. Là gisait Vityeska, le dos appuyé à un tas de pavés, sa belle tête inclinée sur l'épaule gauche. La main droite serrait encore convulsivement le pistolet qui avait tué Von der Mühlen. De sa poitrine, le sang avait coulé abondamment, d'abord sur la fourrure et le satin blanc, ensuite sur les pavés qu'il avait inondés.

La mort ne l'avait point défigurée. Les yeux et la bouche, entrouverts, semblaient sourire ; mais la lèvre était plissée par une expression de défi. C'était bien le sourire féroce d'une amazone bohème.

Table des matières

ISBN ebook : 9782512008149
ISBN papier : 9782512009344
Dépôt légal : D/2018/12603/106

Couverture : © Hélène Massart
Conception numérique : Primento, le partenaire numérique
des éditeurs